[TERROR]

Biblioteca

STEPHEN
KING

[!]

Stephen King nació en Maine (EE.UU.) en 1947. Estudió en la universidad de su estado natal y después trabajó como profesor de literatura inglesa. Su primer éxito literario fue *Carrie* (1973), que, como muchas de sus novelas posteriores, fue adaptada al cine también con pleno éxito. A partir de entonces la ascensión de King en las listas de *bestsellers* fue meteórica. Maestro indiscutible de la narrativa de terror contemporánea, ha publicado más de treinta libros. Actualmente vive en Maine con su esposa Tabitha, también novelista.

STEPHEN KING

RIDING THE BULLET

MONTADO EN LA BALA

Traducción de
Jofre Homedes Beutnagel

PLAZA & JANÉS EDITORES, S.A.

DeBOLS!LLO

Título original: *Riding the Bullet*
Diseño de la portada: Compañía de Diseño
Ilustración de la portada: Shasti O'Leary

Primera edición: febrero, 2001

© 2000, Stephen King
   Publicado por acuerdo con el autor, representado por Ralph
   M. Vicinanza Ltd.
© de la traducción: Jofre Homedes
© 2001, Plaza & Janés Editores, S. A.
   Edición de bolsillo: Nuevas Ediciones de Bolsillo, S. L.

Printed in Spain – Impreso en España

ISBN: 84-8450-488-3 (vol. 102/27)
Depósito legal: B. 2.371 - 2001

Impreso en Rotoplec
Energía, 53
Sant Andreu de la Barca (Barcelona)

P 804883

TODO UN RETO

Stephen King ha inaugurado el nuevo milenio sacudiendo los cimientos de la industria editorial. *Riding the Bullet* apareció el 14 de marzo directamente en Internet, sin pasar por el papel y, por tanto, prescindiendo del hasta ahora intocable triunvirato autor-editor-lector. Para estupefacción de todos, el maestro del terror se había saltado el gran intermediario sobre el cual gira la edición de libros tal como la entendemos desde siempre. Su propuesta despertó tantas expectativas que *Riding the Bullet*, lanzado directamente en la página web de Simon & Schuster, la editorial que hasta ahora ha publicado las obras de King, alcanzó los 400.000 ejemplares en menos de veinticuatro horas y el exceso de demandas bloqueó el acceso a la página y saturó el sistema.

Es la primera vez que un autor de fama mun-

dial decide valerse de Internet y, de paso, bauti-
zar «oficialmente» un fenómeno que algunos
denominan «literatura *virtual*» y otros «libro
electrónico». Salvando las distancias, estamos
ante una revolución que podría equipararse a la
de Gutenberg. La iniciativa de King constituye
un mojón histórico que, con independencia de
los vaivenes a que se vea abocada esta nueva rela-
ción autor-lector, nos obliga a pensar en una manera de entender la literatura no basada indefec-
tiblemente en el libro-objeto, con todos los
rituales públicos y privados que éste siempre ha
conllevado.

La cultura occidental, en particular a partir
del Renacimiento, ha hecho del libro el recep-
táculo por antonomasia del conocimiento y, a
partir de ahí, ha modelado nuestra imagen del
mundo y de la vida, convirtiendo el libro casi en
objeto de culto. Para comprobarlo basta con re-
parar en las bibliotecas y universidades: recintos
muy parecidos a las iglesias donde, además de
exigirse silencio, se conserva y transmite —ma-
nuscrito y/o impreso— el conocimiento. Dado

que este conocimiento requería necesariamente plasmarse en un soporte físico de difícil producción y capaz de ser detentado como posesión material, inicialmente el libro suponía poder. Quien tenía conocimiento, es decir quien tenía acceso a los libros, tenía poder. Este hecho revistió al libro de una aureola casi sagrada. Así, durante siglos, y en especial durante la Edad Media, la inmensa mayoría de la población hubo de contentarse con el conocimiento empírico, que no da ningún poder ya que se adquiere por el simple devenir de la vida, reservándose el conocimiento contenido en los libros a los poderosos: la casta sacerdotal, los estudiosos y los príncipes. La imprenta de Gutenberg inició la *democratización* del libro, permitiendo que, poco a poco, el pueblo llano tuviese acceso al conocimiento, ahora impreso. A su alrededor se creó y fortaleció la figura del intermediario, el editor, sin el cual la transmisión del conocimiento no hubiese llegado nunca al gran público.

La popularización del libro fue acompañada de otro fenómeno curioso en el mundo occidental: el pujante desarrollo de la literatura como explicación individual del mundo: además de la ciencia y las leyes generales, también la sensibilidad de las personas, sus emociones, sentimientos e ideas podían comunicarse a través del libro. Este hecho convirtió la lectura de ficción en una experiencia muy personal, casi íntima entre autor y lector, siempre vehiculada por el libro-objeto. Esa cualidad intimista, de experiencia intransferible que posee la lectura de una novela, un relato o una poesía, no se da en el caso de la ciencia, ya que se trata de un conocimiento general e impersonal. De ahí que, cuando los avances tecnológicos posibilitaron la transmisión del conocimiento a través de la informática, todos los esfuerzos se volcasen en la ciencia y la información, dando lugar a la proliferación de enciclopedias, diccionarios, manuales, textos de consulta, etc., en soporte informático. Todavía no resultaba concebible que fuese posible realizar aquella experiencia íntima —la lectura de una novela o un relato— casi, diríamos, a pelo, sin el precioso envoltorio que ofrece el libro. Para el lector tradicional constituiría una «herejía» imaginar siquiera leer a Proust en una pantalla de ordenador. Ahora, Stephen King se ha atrevido a levantar el velo de este último prejuicio, desmitificando la noción de que el objeto-libro es imprescindible. A partir de *Riding the Bullet*, la tecnología permitirá instrumentar nuevos rituales de lectura, nuevas maneras de experimentar la literatura de ficción. Stephen King ha abierto un campo de posibilidades que, a no dudarlo, gracias a la interrelación directa entre autores y lectores irá consolidándose progresivamente. Todo un reto.

Sin embargo, son infundadas las voces alarmistas que temen por el futuro del libro tradicional. Así como la televisión —en casa, por lo general con luces y rodeados del ajetreo de la vida cotidiana— nunca se ha propuesto sustituir al cine —intimista, a oscuras y a solas con la trama y los protagonistas—, tampoco el libro *electrónico* se propone sustituir al libro tradicional. Son dos experiencias muy distintas, cada una en su ámbito, y el clásico placer de la lectura con un buen libro entre las manos continuará provocando la misma subyugación y tendrá el mismo encanto de siempre. Buena prueba de ello es esta edición de *Riding the Bullet,* sólo publicada en algunos países europeos y de la cual nos enorgullecemos, ya que por primera vez permite experimentar la apasionante diferencia que siempre existirá entre un libro *electrónico* y uno de carne y hueso, perdón, de papel y letra impresa.

Esta historia nunca se la he contado a nadie, ni tenía previsto hacerlo; y no exactamente por miedo a no ser creído, sino por vergüenza... y porque era *mía*. Siempre he tenido la sensación de que contarla equivaldría a rebajarnos los dos, yo y la historia, volviéndola más pequeña, más anecdótica, como esos cuentos de fantasmas que se explican en los campamentos antes de apagar la luz. Creo que también tenía miedo de que si la contaba, si la escuchaba con mis propios oídos, podría empezar a no creérmela. Pero desde la muerte de mi madre no duermo bien. Sólo descanso a ratos, cuando se me cierran los ojos, aunque me despierto enseguida temblando. Va bien dejar encendida la lámpara de la mesita de noche, pero menos de lo que cabría esperar. ¡De noche hay tantas sombras! ¿Os habéis fijado? Muchas, hasta con luz. Piensas que las largas podrían ser de cualquier cosa.

Cualquier cosa.

Cuando llamó la señora McCurdy por lo de mamá, yo cursaba tercero en la Universidad de Maine. Mi padre había muerto siendo yo muy pequeño, demasiado para acordarme, y dada mi condición de hijo único sólo éramos dos contra el mundo, Alan y Jean Parker. La señora McCurdy, que vivía al lado, llamó al piso que compartíamos yo y otros tres estudiantes. Había encontrado el número en la placa magnética que tenía mamá en la puerta de la nevera.

—Ha tenido un derrame —dijo con su acento del Norte, arrastrando las palabras—. Estaba en el restaurante. Pero no salgas corriendo como si se te cayera el mundo encima, ¿eh?, que dice el médico que no es tan grave. Está despierta y habla.

—Ya, pero ¿dice algo que tenga sentido? —pregunté.

Procuraba mantener un tono tranquilo, hasta irónico, pero el corazón me latía deprisa y de repente parecía que hiciera demasiado calor en el salón. Me había quedado solo en el piso; era miércoles y mis compañeros tenían clase todo el día.

—Sí, sí. Lo primero que me ha dicho es que te llamase pero sin asustarte. No me dirás que eso no tiene sentido, ¿verdad?

—Sí, claro.

Pero estaba asustado. ¡Qué remedio! ¿Cómo vas a reaccionar si te llaman para decirte que se han llevado a tu madre del trabajo en ambulancia?

—Ha dicho que te quedes en la universidad hasta el fin de semana. Y que entonces vayas, pero no si tienes que estudiar mucho.

Sí, seguro, que voy a quedarme aquí, pensé, en este piso hecho caldo y con tufo a cerveza teniendo a mi madre a casi doscientos kilómetros, en un hospital y puede que hasta muriéndose.

—Tu mamá aún es joven —dijo la señora McCurdy—. Lo que pasa es que en los últimos años ha engordado una barbaridad, y ahora es hipertensa. Encima fuma. Tendrá que dejarlo.

Dudé que lo hiciera, con o sin derrame, y tenía razón. Sin sus pitillos mi madre no podía vivir. Agradecí la llamada a la señora McCurdy.

—Es lo primero que he hecho al llegar a casa —dijo—. ¿Y qué, Alan, cuándo piensas ir? ¿El sábado?

Lo preguntó con cierta malicia, como si lo dudara. Al mirar por la ventana, vi una tarde de otoño perfecta: el típico cielo azul de Nueva Inglaterra, y debajo los árboles perdiendo las hojas amarillas en Mill Street. Después consulté mi reloj: las tres y veinte. Había cogido el teléfono por los pelos, porque ya salía para asistir al seminario de filosofía de las cuatro.

—¿Cómo que el sábado? —dije—. Llegaré hoy por la noche.

La señora McCurdy contestó con una risa seca y un poco cascada. Ya podía hablar de dejar el tabaco, ya, que ella con sus Winston...

—¡Qué buen chico! Primero irás al hospital, ¿no? Y luego a casa.

—Supongo —dije.

Me pareció inútil contarle que a mi tartana se le había roto la transmisión, y que en el futuro inmediato no se movería de la entrada. Haría autostop hasta Lewiston, y luego, si no era demasiado tarde, a nuestra casita de Harlow. Si ya era muy de noche echaría una cabezadita en alguna sala de espera del hospital. Eso o sentado y con la cabeza apoyada contra una máquina de cocacola. Total...

—Comprobaré que la llave esté debajo de la carretilla roja —dijo ella—. Sabes dónde digo, ¿no?

—Sí, sí.

Mi madre tenía una vieja carretilla roja al lado de la puerta del cobertizo trasero. En verano se llenaba de flores. No sé por qué, pero al acordarme de la carretilla se me apareció en toda su realidad la noticia de la señora McCurdy: mi madre estaba en el hospital, y por la noche estaría oscura la casita de Harlow donde había transcurrido mi infancia. No habría nadie para encender las luces al ponerse el sol. Aunque la señora McCurdy dijera que mamá aún era joven, para alguien de sólo veintiún años, cuarenta y ocho parecen la senectud.

—Ten cuidado, Alan. No corras.

Por supuesto que mi velocidad dependería de quién me recogiera; personalmente, esperaba que fuera a toda pastilla. Nada me parecía demasiado rápido para llegar al hospital central de Maine. Aunque, bueno, no tenía sentido preocupar a la señora McCurdy.

—No se preocupe. Gracias.

—De nada —dijo ella—. Seguro que tu madre se recupera. ¡Y lo que se alegrará de verte!

Colgué y escribí una nota explicando lo ocurrido y dónde localizarme. A Hector Passmore, mi compañero de piso más responsable, le indicaba que llamara a mi tutor y le pidiera que explicara la situación a mis profesores, para que no me metieran un puro por saltarme clases. (Tenía dos o tres que se ponían como fieras.) Después puse una muda en la mochila, metí mi *Introducción a la filosofía*, hecha polvo y con las esquinas dobladas, y salí. A la mañana siguiente, y a pesar de que sacaba buenas notas, abandonaría esa asignatura. Esa noche cambió mi manera de ver el mundo, cambió mucho, y el manual de filosofía no parecía coherente con los cambios. Digamos que entendí que *debajo* hay cosas, y que ningún libro puede explicarlas. Opino que a veces es mejor olvidarse de que existen. Si puedes.

De la Universidad de Maine, que está en Orono, hasta Lewiston, en el condado de Androscoggin, hay ciento noventa kilómetros, y el camino más rápido es la I-95. La pega es que siendo autopista no es buena para hacer autostop; la policía tiene tendencia a expulsar a cualquier persona que vaya a pie (te sacan hasta si estás parado en el acceso), y si te pilla dos veces el mismo poli seguro que te multa. De manera que cogí la 68, que sale de Bangor hacia el sudoeste. Es una carretera bastante transitada, y a menos que tengas pinta de psicópata casi seguro que te recoge alguien. Además, casi nunca te molesta la poli.

Hice el primer tramo con un agente de seguros muy poco hablador que me llevó hasta Newport. Luego me quedé plantado casi veinte minutos en el cruce de la 68 y la 2, hasta que me recogió un hombre de cierta edad que iba a Bowdoinham. Conducía tocándose continuamente los huevos. Parecía que intentara coger algo que anduviese suelto por ahí dentro.

—Mi mujer siempre me decía que con mi manía de coger autostopistas acabaría en la cuneta con una navaja en la espalda —dijo—, pero cada vez que veo a alguien en el arcén me acuerdo de mi juventud. ¡No hice yo dedo ni nada! Era muy viajero. Fíjate cómo es el mundo: ahora ya hace cuatro años que está muerta, y yo aquí con el mismo Dodge de siempre. La echo de menos una barbaridad. —Se manoseó la entrepierna—. ¿Adónde vas?

Le dije que a Lewiston, y el motivo.

—¡Qué horror! —dijo él—. ¡Tu madre! ¡Lo siento mucho!

Su compasión era tan fuerte y espontánea que me provocó escozor en los ojos. Pestañeé para no llorar. No tenía ningunas ganas de sufrir un acceso de llanto en aquel coche viejo, que vibraba, daba leves bandazos y olía a meado.

—La señora McCurdy, la mujer que me llamó, dice que no es muy grave. Mi madre aún es joven. Sólo tiene cuarenta y ocho años.

—¡Ya, pero un derrame! —Parecía sinceramente consternado. Volvió a cogerse la entrepierna abolsada de sus pantalones verdes y le propinó un estirón con su mano de viejo, desproporcionada y parecida a una garra—. ¡Un derrame siempre es grave! Oye, por mí te llevaría al hospital y te dejaría en la puerta, pero es que le prometí a mi hermano Ralph llevarlo a la residencia de Gates. Es donde está su mujer, que tiene aquella enfermedad de la memoria... Ahora no recuerdo cómo se llama. Anderson, Álvarez... Algo así.

—Alzheimer —dije.

—Ah, sí. Seguro que yo también la tengo. ¿Sabes qué? Que igual te llevo.

—No hace falta. En Gates seguro que me recoge alguien.

—Da igual. ¡Tu madre! ¡Un derrame! ¡Y sólo cuarenta y ocho años! —Se hurgó en la entrepierna—. ¡La hostia con el braguero! Te digo una cosa: a la que duras se te empieza a desmontar todo. Al final Dios te da una patada en el culo. En serio, ¿eh? Pero bueno, tú eres un buen hijo. De lo contrario no habrías dejado todo para ir a verla.

—Ella es una buena madre —dije.

Volví a sentir el aguijón de las lágrimas. En la universidad nunca sentía una añoranza muy pronunciada (como mucho la primera semana), pero en el coche del viejo me asaltó. Sólo éramos ella y yo, sin parientes cercanos. Me parecía inimaginable no tenerla. Según la señora McCurdy no era muy grave, un derrame, pero no muy grave. Más vale que me haya dicho la verdad, pensé. Más vale.

Hicimos un trecho de camino en silencio. No era el viaje rápido que había deseado (el viejo se quedaba plantado en los setenta por hora, y a veces cruzaba la línea continua para darse un paseíto por el otro carril), pero largo sí era; en el fondo también me convenía. La carretera 68 se ofrecía a nuestra vista hilvanada por varios kilómetros de bosque, partiendo en dos los pueblecitos que aparecían y desaparecían en un lento abrir y cerrar de ojos, cada uno con su bar y su gasolinera de autoservicio: New Sharon, Ophelia, West Ophelia, Ganistan (que, por extraño que parezca, se había llamado Afghanistan), Mechanic Falls, Castle View y Castle Rock. El azul del cielo fue perdiendo luminosidad a medida que el día se retiraba de él. El viejo empezó por encender las luces de estacionamiento, y luego los faros. Eran las largas, pero él no parecía darse cuenta, ni siquiera cuando los coches que venían en sentido contrario lo avisaban con las suyas.

—Mi cuñada no se acuerda ni de su nombre —dijo—. No le preguntes nada, porque no sabe decir ni mu. Culpa de la enfermedad de Anderson. Mira de una manera... como diciendo: «¡Quiero salir!» Aunque para eso tendría que acordarse de las palabras. ¿Entiendes lo que quiero decirte?

—Sí —contesté.

Respiré hondo y me pregunté si el olor a meado provenía del viejo o si tenía un perro y lo dejaba subir al coche. Pensé si sería ofenderlo bajar un poco la ventanilla. Al final la bajé. Me pareció que no se daba cuenta, como ignoraba las luces largas de los coches del otro carril.

Hacia las siete, ya en West Gates, subimos a una colina y el viejo exclamó:

—¡Fíjate, la luna! ¿A que está bonita?

Sí que lo estaba: una bola enorme de color naranja separándose del horizonte. No obstante, le encontré algo que daba miedo. Parecía al mismo tiempo embarazada e infectada. De repente, viendo la luna, se me ocurrió algo horrible: ¿y si llegaba al hospital y mi madre no me reconocía? ¿Y si había perdido la memoria, estaba en blanco y no sabía decir ni mu? ¿Y si el médico me decía que tendría que cuidarla alguien hasta que muriera? Y ese alguien, lógicamente, tendría que ser yo, porque no había más candidatos. Adiós a la facultad. ¿Qué dirían mis amigos y vecinos?

—¡Piensa un deseo! —exclamó el viejo. El entusiasmo comunicó a su voz un tono chirriante y molesto, como de trocitos de cristal metiéndose en mi oreja. Se dio un estirón tremendo en la entrepierna y sonó una especie de chasquido. A mí me parecía imposible estirarse así las partes sin arrancarse un huevo, aunque estuviera de por medio el braguero—. ¡Mi padre decía que lo que se desea con la luna llena de otoño siempre se cumple!

Así pues, deseé que mi madre me reconociera al entrar en su habitación, que se le iluminaran los ojos y pronunciara mi nombre. Y al punto de haber formulado ese deseo quise retractarme, porque pensé que con aquella luz anaranjada no podía salir bien ningún deseo.

—¡Ay! —dijo el viejo—. ¡Ojalá estuviera mi mujer! ¡Entonces le pediría perdón por todas las cosas feas que le dije!

A los veinte minutos, en el aire los últimos vestigios del día y la luna todavía baja e hinchada, llegamos a Gates Falls. En el cruce de la carretera 68 y Pleasant Street hay un semáforo amarillo. Justo antes de llegar a esa altura, el viejo dio un volantazo y la rueda delantera derecha del Dodge subió y bajó del bordillo. Me castañetearon los dientes. El viejo me miró con una excitación salvaje y desafiante: en él todo era salvaje, aunque al principio no me hubiera dado cuenta; estaba imbuido por entero de aquella sensación de cristales rotos. Y todo lo que salía de su boca parecía una exclamación.

—¡Te llevo yo! ¡Sí, señor! ¡Que se aguante Ralph! ¡A la porra! ¡Dilo y vamos!

Yo quería reunirme con mi madre, pero la idea de otros treinta y pico kilómetros con olor a meado y coches haciendo luces no era muy placentera. Tampoco era agradable la imagen del viejo dando tumbos por cuatro carriles en Lisbon Street, pero el elemento principal era él. No soportaría treinta kilómetros más de estirones en la entrepierna y voz febril de cristales rotos.

—Oiga —dije—, que no hace falta. Siga y ocúpese de su hermano.

Abrí la puerta y sucedió lo que temía: el viejo alargó el brazo y me sujetó el mío con su mano nudosa de anciano, la que usaba para sobarse la entrepierna.

—¡Sólo una palabra! —insistió. Su voz sonó ronca, confidencial; sus dedos se me hincaban en la carne justo debajo de la axila—. ¡Una palabra y te llevo hasta la puerta del hospital! ¡En serio!

¡Da igual que sea la primera vez que nos vemos! ¡No importa! ¡Te llevo directo!

—No hace falta —repetí.

Y de repente me entraron unas ganas locas de saltar del coche, aunque tuviese que dejar la camisa en manos del viejo. Parecía que se ahogara. Preví que al moverme aumentaría la presión de sus dedos, y que hasta podía sujetarme por la nuca, pero no. Sus dedos se distendieron y, al sacar yo la pierna, resbalaron de mi cuerpo. Entonces, como es habitual después de los momentos de pánico irracional, me extrañó haber tenido tanto miedo. ¿Por qué? Sólo era una forma de vida basada en el carbono en un ecosistema Dodge igual de viejo que ella y con olor a orina, decepcionado por ver rechazado su ofrecimiento. Un viejo cualquiera, perpetuamente incómodo con su braguero. ¿Por qué me había asustado tanto?

—Gracias por traerme, y por el ofrecimiento —dije—, pero si voy por ahí... —señalé Pleasant Street— me cogerán enseguida.

Primero no dijo nada, luego suspiró y asintió con la cabeza.

—Sí, mejor por ahí —dijo—. Sin entrar, que en el pueblo no te recoge nadie. Nadie quiere frenar y que los de atrás le toquen la bocina.

Tenía razón. Era inútil hacer autostop dentro de una población, aunque fuera pequeña como Gates Falls. Supongo que era verdad lo de que había viajado mucho a dedo.

—Pero ¿estás seguro? Ya sabes lo que dicen del pájaro en mano.

Volví a titubear. En lo del pájaro también tenía razón. A menos de dos kilómetros del semáforo, Pleasant Street se convertía en Ridge Road, recorría ochenta kilómetros de bosque y se juntaba con la carretera 196 en las afueras de Lewiston. Casi era de noche, lo cual, de cara al autostop, siempre es una desventaja, porque cuando te ilumina un par de faros en una carretera rural siempre pareces un fugitivo del reformatorio de Wyndham, aunque vayas peinado y con la camisa metida en los pantalones. Pero no, no quería seguir con aquel viejo. Incluso fuera del coche, y a salvo, le encontraba algo inquietante. Quizá sólo fueran los signos de exclamación que parecían enmarcar todas sus palabras. Además, siempre he tenido suerte haciendo autostop.

—Seguro —dije—. Y gracias otra vez.

—Encantado, hombre, encantado. Mi mujer...

Calló, y vi que le afloraban lágrimas en los ojos. Volví a darle las gracias y cerré la puerta antes de que tuviera tiempo de añadir nada.

Crucé la calle a paso rápido, con el semáforo proyectando mi sombra intermitentemente. Al llegar a la otra acera miré hacia atrás. El Dodge seguía aparcado delante de Frank's Fountain & Friuts. A la luz del semáforo, y de la farola que había a unos siete metros del coche, vi al viejo derrumbado en el volante. Temí que estuviese muerto, que lo hubiese matado yo con mi negativa a dejarme llevar.

Entonces apareció otro coche en la esquina, y el conductor hizo luces al Dodge. Esta vez el viejo puso las cortas —así supe que seguía con vida— y condujo el Dodge lentamente hasta doblar la esquina. Cuando se hubo perdido de vista miré la luna. Empezaba a perder su hinchazón anaranjada, pero conservaba algo siniestro. Caí en la cuenta de que nunca había oído que se formularan deseos con la luna llena; con el lucero del alba sí, pero no con la luna. Entonces volví a tener ganas de retirar el mío. Con la noche casi cerrada, y yo en el cruce, acudió a mi mente con toda naturalidad la historia de la pata de mono.

Abandoné Pleasant Street enseñando el pulgar a los coches que pasaban, pero ni siquiera reducían la velocidad. Al principio la carretera tenía tiendas y casas a ambos lados, hasta que la acera se interrumpió y volvieron a cerrarse los árboles en silenciosa reconquista del territorio. Cada vez que se inundaba la calzada de luz, alargando mi sombra y alejándola de mí, me giraba, enseñaba el pulgar y adoptaba una sonrisa, esperando que infundiera confianza. E invariablemente el coche pasaba sin aminorar la velocidad. Una vez alguien me gritó:

—¡Menos mono y más trabajar!

Y oí risas.

A mí la oscuridad no me da miedo (o no me lo daba), pero empecé a temer que hubiera sido un error no aceptar la oferta del viejo de llevarme directamente al hospital. Antes de emprender mi camino podría haber confeccionado un letrero de TENGO ENFERMA A MI MADRE, pero dudé que hubiese servido de algo. Un letrero puede hacerlo cualquier psicópata.

Seguí caminando por el arcén, levantando grava con las zapatillas de deporte y escuchando los ruidos de la noche: un perro a lo lejos, y mucho más cerca un búho. Y un suspiro de levantarse viento. La luna bañaba el cielo, pero a ella no se la veía. De momento la ocultaban los árboles, que en aquella parte eran altos.

Al alejarme de Gates se espaciaron los coches. A cada minuto me parecía más tonta mi decisión de rehusar la oferta del viejo. Empecé a imaginarme a mi madre en el hospital, con la boca congelada en una mueca de asco y procurando no soltar el tronco resbaladizo de la vida que se le escapaba; no soltarlo por mí, sin saber que no llegaría por el simple motivo de que no me había gustado la voz estridente de un anciano ni el olor a pipí de su coche.

Ascendí por una colina bastante empinada y volvió a iluminarme la luna. A mi derecha ya no había árboles, sino un pequeño cementerio rural. Las lápidas reflejaban la pálida luz. Una de ellas tenía al lado algo pequeño y negro que me miraba desde el suelo. Me acerqué por curiosidad, y la cosa negra, al moverse, se convirtió en una marmota. Se escabulló entre la hierba alta, no sin dirigirme una breve mirada de reproche con sus ojos rojos. De repente me sentí cansadísimo, mejor dicho, al borde del agotamiento. Hacía cinco horas, desde la llamada de la señora McCurdy, que funcionaba a base de pura adrenalina, pero se me había acabado el suministro. Eso era lo malo. Lo bueno era que había superado la inútil e histérica sensación de urgencia, al menos de momento. Había tomado una decisión, había preferido Ridge Road a la carretera 68 y no tenía sentido reprochármelo. Se acabó lo que se daba, que decía mi madre. Era lo suyo: ir soltando pequeños aforismos zen que casi tenían sentido. No sé si éste lo tenía, pero me dio ánimos. Si llegaba al hospital y la encontraba muerta, no tenía remedio. Sin embargo, según la señora McCurdy, el médico había dicho que no era muy grave. También había dicho que mamá aún era joven; un poco gorda, de acuerdo, y para colmo fumadora habitual, pero joven.

Yo, entretanto, estaba muy lejos de allí y de repente no tenía fuerzas. Tenía los pies como metidos en cemento.

El cementerio estaba rodeado por un murete de piedra con una brecha de donde salían dos rodadas. Me senté en el murete con los pies en uno de los surcos. Desde ahí se veía un buen trecho de Ridge Road en ambas direcciones. Cuando viera faros viniendo del oeste (es decir, yendo hacia Lewiston) podría volver al arcén y enseñar el pulgar. Mientras tanto me quedaría sentado con la mochila en las rodillas a la espera de que mis piernas recuperaran fuerza.

La hierba desprendía una neblina baja y casi transparente que brillaba. Una brisa naciente hacía susurrar los árboles que rodeaban el cementerio por tres lados. Detrás del cementerio se oía ruido de agua, y de vez en cuando una rana. Era un lugar de extraña belleza, de efectos relajantes, como una estampa de un libro de poesía romántica.

Miré a ambos lados de la carretera. Nada, ni un resplandor en el horizonte. Dejé la mochila en el suelo, me levanté y entré en el cementerio. La niebla se movía perezosamente alrededor de mis pies. Las lápidas del fondo eran viejas, y había bastantes caídas. Las de delante eran mucho más nuevas. Me incliné apoyando las manos en las rodillas para examinar una que estaba rodeada de flores casi frescas. La luz de la luna facilitaba la lectura del nombre: George Staub. Debajo figuraban las fechas que enmarcaban el breve período de vida de George Staub: 19 de enero de 1977 y 12 de octubre de 1998. Era la explicación de que las flores aún no se hubiesen marchitado: el 12 de octubre había sido anteayer, y desde 1998 sólo habían pasado dos años. Los amigos y parientes de George habían pasado a presentarle sus respetos. Debajo del nombre y la fecha había algo más, una inscripción corta. Me agaché para leerla...

... y retrocedí tropezando, muerto de miedo y con la súbita conciencia de estar solo en un cementerio a la luz de luna.

La inscripción anunciaba:

SE ACABÓ LO QUE SE DABA.

Mi madre estaba muerta, quizá hubiera muerto en ese mismo minuto y algo me enviaba un mensaje. Algo con un sentido del humor francamente de mal gusto.

Seguí retrocediendo a paso lento en dirección a la carretera, atento al viento en los árboles, al agua y las ranas, e imbuido de un miedo repentino a oír algo más, un ruido de tierra removida, de raíces rotas y de algo no del todo muerto emergiendo, intentando coger a tientas mis zapatillas...

Se me enredaron los pies y me caí, golpeándome el codo con una lápida y casi rozándola con la nuca. Aterricé en la hierba y vi la luna que acababa de salir de los árboles. Ahora, en vez de naranja estaba blanca, y brillaba como un hueso pulido.

La caída no acentuó mi pánico, sino que me despejó la cabeza. No sabía qué había visto, pero no podía ser lo que creía. Cosas así eran propias del cine de John Carpenter y Wes Craven, no de la vida real.

«Sí, claro —me susurró una voz en la cabeza—. Ahora sales y podrás seguir creyéndotelo. Podrás creértelo toda la vida.»

—Y una mierda —dije, levantándome.

Tenía mojado el fondillo de los vaqueros. Me lo separé de la piel. Volver a la lápida que marcaba el último lugar de descanso de George Staub no fue fácil, pero tampoco tan difícil como esperaba. El viento siseaba entre los árboles; soplaba cada vez con más fuerza, señal de que cambiaba el tiempo. Me rodeaba un baile de vagas sombras. El cimbreo de las ramas hacía crujir el fondo del bosque. Me incliné hacia la lápida y leí:

GEORGE STAUB

19 DE ENERO DE 1977 - 12 DE OCTUBRE DE 1998

SE APAGÓ CUANDO EMPEZABA

Permanecí inclinado y con las manos encima de las rodillas, sin darme cuenta de lo deprisa que me latía el corazón hasta que empezó a calmarse. No era nada, una simple coincidencia inoportuna. Era normal que me hubiera equivocado al leer. Hasta descansado y tranquilo podría haberlo leído mal, porque ya se sabe que la luz de la luna engaña mucho. Caso cerrado.

Pero no, porque tenía claro qué había leído: *Se acabó lo que se daba.*

Mi madre había muerto.

—Y una mierda —repetí, dando media vuelta.

Al hacerlo vi que la niebla que se enroscaba a mis tobillos había empezado a iluminarse. Oí el murmullo de un motor acercándose. Venía un coche.

Me di prisa en volver al otro lado de la brecha del murete, recogiendo la mochila. Los faros del coche que se acercaba estaban a media colina.

Saqué el pulgar justo cuando me enfocaban, deslumbrándome un poco. Antes de que empezara a frenar ya supe que pararía. Es curioso, pero a veces lo sabes. Que se lo pregunten a cualquiera que haya hecho mucho autostop.

El coche pasó de largo con las luces de freno encendidas y paró bruscamente en el arcén, cerca del final del murete de piedra que separaba el cementerio de Ridge Road. Corrí con la mochila rebotándome en la rodilla. Era un Mustang, uno de esos tan elegantes de finales de los sesenta y principios de los setenta. El motor hacía tanto ruido que quizá el silenciador no pasara la siguiente inspección técnica. Pero no era problema mío.

Abrí la puerta y subí. Al ponerme la mochila entre los pies noté un olor que me sonaba de algo, un poco molesto.

—Gracias —dije—. Muchas gracias.

El chico que iba al volante llevaba vaqueros desteñidos y una camiseta negra con las mangas cortadas. Estaba bronceado y era muy musculoso, con una línea azul tatuada alrededor del bíceps derecho. Llevaba una gorra al revés. Junto al cuello de la camiseta había un pin, pero no distinguí qué ponía.

—De nada, hombre —dijo él—. ¿Vas a la ciudad?

—Sí —contesté.

En aquella parte del mundo, decir «la ciudad» era decir Lewiston, la única población un poco grande al norte de Portland. Al cerrar la puerta vi que del retrovisor colgaba un ambientador de fragancia de pino. Era lo que olía. En cuestión de olores no era mi noche: primero a meado, y ahora a pino artificial. En fin, al menos me había recogido alguien. Debería haberme sentido aliviado. Y cuando el del Mustang pisó el acelerador y volvió a Ridge Road, haciendo rugir el motor de su reliquia, intenté convencerme de que en efecto me sentía aliviado.

—¿A qué vas a la ciudad? —preguntó el conductor.

Tenía más o menos mi edad. Debía de ser un chico de Lewiston que estudiaba en el instituto técnico de Auburn, a menos que trabajara en alguna de las escasas fábricas textiles que quedaban en la zona. Seguro que el Mustang se lo había arreglado en las horas muertas, porque era lo típico de los de la ciudad: beber cerveza, fumar un poco de maría y arreglar el coche. O la moto.

—Se casa mi hermano y soy el padrino —mentí espontáneamente. Por alguna razón preferí que no se enterara de lo de mi madre. Pasaba algo raro. No sabía qué, ni si tenía sentido pensarlo, pero estaba seguro—. Mañana ensayamos la boda. Y por la noche es la despedida de soltero.

—¿Sí? ¿En serio?

Me miró con los ojos muy abiertos, volviendo hacia mí una cara agraciada, de labios carnosos que sonreían un poco y mirada incrédula.

—Sí —confirmé.

Tenía miedo. De repente, porque sí, volvía a tener miedo. Pasaba algo raro, quizá desde que me había animado el viejo del Dodge a pedirle un deseo a una luna infectada en vez de a una estrella. O desde el momento en que cogí el teléfono y oí decir a la señora McCurdy que tenía malas noticias.

—Ah, pues muy bien —dijo el chico de la gorra al revés—. Un hermano que se casa. ¡Muy bien, hombre! ¿Cómo te llamas?

Sentí auténtico pavor. Todo era raro, absolutamente todo, sin saber yo por qué ni cómo había ocurrido tan deprisa. Algo, sin embargo, sí sabía: que tenía tan pocas ganas de que supiera mi nombre el del Mustang como de contarle lo que haría en Lewiston. Y eso que a Lewiston no llegaría. De repente estuve seguro de que no volvería a ver Lewiston. Fue como adivinar que pararía el coche. Y luego el olor. Sobre el olor también estaba seguro de algo. No procedía del ambientador, sino de... debajo.

—Hector —dije, dando el nombre de mi compañero de piso—. Hector Passmore.

Mi boca seca lo pronunció con fluidez y calma. Mejor. Dentro de mí, algo insistía en que no dejara traslucir mi sensación de que pasaba algo raro. Era mi única oportunidad.

Él se giró un poco hacia mí, y tuve ocasión de leer el pin: HE MONTADO EN LA BALA DE THRILL VILLAGE, LACONIA. Lo conocía. Era un parque de atracciones. Hasta había estado una vez.

También me fijé en una línea gruesa de color negro que le rodeaba el cuello, igual que el tatuaje del brazo, con la diferencia de que la raya del cuello no era ningún tatuaje. Estaba cruzada por varias decenas de pequeñas marcas verticales. Eran los puntos que le habían dejado al volverle a coser la cabeza.

—Encantado, Hector —dijo—. Yo me llamo George Staub.

Tuve la sensación de que la mano me flotaba, como en un sueño. Recé porque lo fuera, pero no: tenía toda la nitidez de la realidad. El olor de encima era pino. El de debajo correspondía a algún producto químico, seguramente formol. Iba en coche con un muerto.

El Mustang se comía Ridge Road a cien por hora, persiguiendo sus luces largas bajo el fulgor de una luna lustrosa como un pin. Los árboles a ambos lados de la carretera se contorsionaban al viento. George Staub me sonrió con ojos vacíos, me soltó la mano y volvió a concentrarse en la carretera. Yo había leído *Drácula* en el instituto, y me acordé de una frase que sonó en mi cabeza como una campana rota: «Los muertos conducen deprisa.»

Hay que evitar que sepa que lo sé. La frase fue otra campanada. No era mucho, pero sí lo único que tenía. *Hay que evitarlo. Hay que evitarlo.* Pensé dónde estaría aquel viejo. ¿En casa de su hermano, tranquilamente? ¿O era uno de ellos? ¿Nos seguía a pocos metros con su viejo Dodge, encogido al volante y estirándose el braguero? ¿También estaba muerto? Probablemente no. Según Bram Stoker los muertos conducen deprisa, pero el viejo no había pasado de setenta por hora. Sentí en la garganta el hervor de una risa demente, y la contuve. Si me oía reír lo sabría. Y había que evitar que lo supiera, porque era mi única esperanza.

—Las bodas son lo mejor que hay —dijo él.

—Sí —contesté—. Tendría que hacerlo todo el mundo al menos dos veces.

Mis manos estaban una encima de la otra, muy apretadas. Noté las uñas de una hincándose en los nudillos de la otra, pero era una sensación lejana, noticias de otro país. Lo esencial era evitar que él se enterara. Estábamos rodeados de bosque, y la única fuente de luz era el óseo resplandor de una luna sin corazón. No podía permitir que supiese que yo sabía que estaba muerto. Porque no era un simple e inofensivo fantasma, no. Los fantasmas sólo se ven, pero para recoger a alguien en la carretera hay que ser otra cosa. ¿De qué clase de ser se trataba? ¿Un zombi? ¿Un demonio? ¿Un vampiro? ¿Ninguna de las tres cosas?

George Staub rió.

—¡Dos veces! ¡Toda mi familia, vamos!

—Y la mía —dije. Mi voz sonó tranquila, como la de un simple autostopista de charla con el conductor para retribuirle el favor—. La verdad es que los entierros son lo mejor que hay.

—Las bodas —me corrigió él.

A la luz del salpicadero, su cara era como de cera, como la de un cadáver antes de la sesión de maquillaje. Lo más horrible era la gorra al revés. Era una invitación a preguntarse cuánto quedaba debajo. Yo había leído que en la funeraria sierran la parte de arriba del cráneo, extraen el cerebro y rellenan el hueco con una especie de algodón con tratamiento químico. Quizá para evitar que la cara se hunda.

—Las bodas —dije con labios insensibles, y hasta me reí un poco; una risita breve y aguda—. Quería decir bodas.

—Siempre se dice lo que se quiere decir —contestó el conductor sin perder la sonrisa.

Lo mismo que pensaba Freud, según mis lecturas de la asignatura de psicología. Dudé que el del Mustang supiera mucho de Freud. Los expertos en Freud no llevan camisetas sin mangas, ni gorras al revés. Pero le bastaba con lo que sabía. Yo había dicho entierro. ¡Cielo santo, había dicho entierro! Entonces me di cuenta de que jugaba conmigo. Yo quería ocultarle que sabía que estaba muerto. Él quería ocultarme que sabía que yo sabía que estaba muerto. Por lo tanto, había que ocultarle que yo sabía que él sabía que...

El mundo empezó a oscilar ante mis ojos. Enseguida se pondría a girar, a girar cada vez más deprisa, y lo perdería. Cerré los ojos. En la retina se me había grabado la forma de la luna, que se volvía verde.

—¿Te encuentras mal? —preguntó él. Su tono de preocupación era espeluznante.

—No —contesté abriendo los ojos.

Todo había recuperado su estabilidad. El dolor que sentía en el dorso de la mano, donde se me hincaban las uñas, era intenso y real. Como el olor. No sólo a ambientador de pino, ni a algo químico. También olía a tierra.

—¿Seguro? —insistió él.

—Es que estoy un poco cansado. Llevo muchas horas de autostop, y a veces me marea tanto coche. —De repente tuve una inspiración—. Oye, ¿sabes qué? Que mejor me bajo. Con un poco de aire fresco se me pasará el mareo. Pasará otro coche y...

—Sería incapaz —dijo él—. ¿Dejarte ahí fuera? Ni hablar. El próximo coche podría tardar una hora, y no es seguro que parase. Tengo que cuidarte. ¿Cómo dice la canción? «Llévame a tiempo a la iglesia», ¿no? Nada, que no te dejo bajar. Abre un poco la ventanilla. Ya sé que aquí dentro no huele precisamente a rosas; colgué el ambientador, pero estos trastos no chutan. Claro que hay olores que cuestan más de quitar.

Quise coger la manivela de la ventanilla y darle una vuelta para que entrase aire fresco, pero los músculos del brazo estaban inertes. No tuve más remedio que quedarme en la misma postura, con las manos juntas y clavándome las uñas. Una parte de los músculos se negaba a funcionar, y otra a detenerse. Qué ironía.

—Es como lo del nene que se compra un Cadillac casi nuevo por setecientos cincuenta dólares —dijo él—. Lo sabes, ¿no?

—Sí —dije con los labios entumecidos. No conocía el chiste, pero tenía clarísimo que de aquel individuo no quería escuchar ningún chiste—. Es muy conocido.

La carretera, delante, daba saltos como en las viejas películas en blanco y negro.

—¡Joder si es conocido! Resulta que buscaba un coche y ve un Cadillac casi nuevo en un jardín.

—Te digo que ya...

—Y en la ventanilla hay un letrero que pone: «En venta. De particular a particular.»

Llevaba un cigarrillo encajado en la oreja. Lo cogió, y con el movimiento se levantó un poco la camiseta. Vi otra raya negra con marcas. Luego se inclinó hacia el tablero de mandos para apretar el encendedor, y la camiseta volvió a su sitio.

—Sabe que no tiene para un Cadillac, que no le llega ni de lejos, pero tiene curiosidad, ¿vale? Total, que va a ver al de la casa y le dice: «¿Cuánto cuesta un coche así?» Entonces va el dueño, cierra la manguera que tiene en la mano (porque estaba lavando el coche, ¿vale?) y dice: «Mira, chaval, hoy es tu día de suerte. Setecientos cincuenta dólares y te lo llevas.»

El encendedor saltó. Staub lo extrajo y presionó la espiral contra la punta del cigarrillo. Luego dio una calada, y vi que le salían hilillos de humo entre los puntos que cerraban la incisión del cuello.

—El nene mira por la ventanilla y ve que el cuentakilómetros sólo marca diecisiete mil. Entonces le dice al de la manguera: «Muy gracioso. Como una mosquitera en un submarino.» El dueño contesta: «Oye, que no es broma; saca el dinero y te lo quedas. ¡Coño, si quieres hasta te acepto un cheque, porque te veo cara de honrado!» Y dice el nene...

Miré por la ventanilla. La verdad es que conocía el chiste de haberlo oído años antes, seguramente en el instituto. En la versión que me habían contado el coche era un Thunderbird, pero el resto era igual. El chico dice: «Que sólo tenga diecisiete años no quiere decir que sea idiota. Un coche así no lo vende nadie por setecientos cincuenta billetes, y menos con tan poco kilometraje.» Entonces el dueño le dice que lo hace porque el coche huele mal y el olor no se puede quitar; lo ha intentado de todas las maneras, en vano. Resulta que estaba de viaje de negocios y estuvo fuera muchos días, al menos...

—... un par de semanas —dijo el conductor. Sonreía como cuando cuentas un chiste para partirse de risa—. Y que al volver encontró el coche en el garaje con su mujer dentro. Llevaba muerta casi tanto tiempo como él de viaje. No supo si se había suicidado o le había dado un infarto, pero estaba toda hinchada, y el coche apestaba. Por eso tenía tantas ganas de venderlo. —Se rió—. Qué puntazo, ¿no?

—¿Y él no había llamado a casa? —Era mi boca hablando sola. Mi cerebro estaba paralizado—. ¿Se marcha dos semanas de viaje de negocios y no llama ni una vez para ver cómo está su mujer?

—La cuestión no es ésa. La cuestión es que es una ganga. ¿Quién se resistiría? A las malas siempre se puede conducir con la ventanilla abierta, ¿no? Además, es una historia. Ficción. La he recordado por la peste que hay en este coche, que es un hecho real.

Silencio. Y pensé: Ahora espera que yo diga algo, que corte con esto. Ganas tenía, pero... ¿y luego? ¿Qué haría él?

Se frotó con el pulgar el pin de la camiseta, donde ponía YO HE MONTADO EN LA BALA DE

THRILL VILLAGE, LACONIA. Tenía las uñas sucias de tierra.

—Es de donde vengo —dijo—. De Thrill Village. Trabajé para un tío y me dio un pase para todo el día. Iba a venir mi novia, pero llamó diciendo que estaba enferma; a veces la regla le duele mucho y tiene unos mareos de la hostia. Lástima, pero es lo que pienso siempre: ¿Qué alternativa hay? ¿Que no le venga la regla? Malo para los dos. —Soltó una especie de carcajada, más parecida a un ladrido—. Total, que fui solo. No tenía sentido dejar el pase sin usar. ¿Tú has estado en Thrill Village?

—Sí —contesté—. Una vez, a los doce años.

—¿Y con quién ibas? —preguntó—. ¡Porque supongo que no irías solo! Teniendo doce años...

Eso no se lo había dicho, ¿verdad? No. Estaba jugando al gato y el ratón. Tuve la idea de abrir la puerta, lanzarme a la oscuridad y protegerme la cabeza con los brazos, pero sabía que él me retendría. Además no podía levantar los brazos. Como máximo podía seguir presionando las manos.

—No —dije—. Fui con mi padre. Me llevó él.

—¿Subiste a la Bala? ¡Qué cabrona! Yo cuatro veces. ¡Joder! ¡Te quedas cabeza abajo! —Me miró y profirió otra risa inexpresiva y perruna. En los ojos se le reflejaba la luz de la luna, convirtiéndolos en círculos blancos, ojos de estatua. Y comprendí que estaba algo más que muerto: estaba loco—. ¿Subiste o no, Alan?

Pensé decirle que se equivocaba de nombre, que me llamaba Hector, pero ¿de qué servía? Ya se acercaba el final.

—Sí —susurré. Fuera estaba todo negro menos la luna. Pasaban las árboles, contorsionándose como si bailaran. Debajo de nosotros se deslizaba la carretera a gran velocidad. El indicador de velocidad marcaba ciento treinta. Ya estábamos montados en la bala. Los muertos conducen deprisa—. Sí, la Bala. Sí que subimos.

—Mentira —dijo él. Dio una calada al cigarrillo, y volví a ver los hilillos de humo saliendo por la incisión cosida del cuello—. Tú no subiste. Y menos con tu padre. Te pusiste en la cola, pero ibas con tu madre. Había mucha cola, porque en la Bala siempre hay un montón de gente esperando, y ella no quiso quedarse a pleno sol. Entonces ya estaba gorda y le molestaba el calor. Tú la agobiaste todo el día: venga a agobiarla, venga a agobiarla. Y luego fíjate qué risa: al llegar al principio de la cola te rajaste. ¿A que sí?

No respondí. Tenía la lengua pegada al paladar.

Él movió la mano, de piel amarillenta y uñas sucias a la luz del salpicadero del Mustang, y me cogió las mías. Con el contacto se quedaron sin fuerza y se separaron como cuando un nudo se deshace por arte de magia al tocarlo la varita del prestidigitador. Tenía la piel fría y como de serpiente.

—¿A que sí?

—Sí —musité—. Al acercarnos y ver lo alto que era... y que arriba, donde daba la vuelta, gritaban todos... me rajé. Ella me dio una bofetada y no me dirigió la palabra hasta llegar a casa. No subí a la Bala.

Al menos hasta ahora.

—Pues deberías, oye, porque es lo mejor. Es

donde hay que subir. El resto no vale nada, al menos en Thrill Village. Volviendo a casa paré a comprar unas cervezas en la tienda que hay en la frontera del estado. Pensaba pasar por casa de mi novia y darle un pin de broma. —Se dio unos golpecitos en el pin de la camiseta, bajó la ventanilla y arrojó el cigarrillo al viento de la noche—. Pero ya debes de saber qué pasó.

Naturalmente que lo sabía. ¡Como si no fuera el típico cuento de fantasmas! Tuvo un accidente con el Mustang, y la policía, al llegar, encontró el coche destrozado y a él muerto dentro: el cuerpo contra el volante y la cabeza en el asiento trasero, con la gorra al revés y los ojos vacíos mirando el techo fijamente. Desde entonces, cuando hay luna llena y sopla viento (¡uuuuu!), aparece en Ridge Road. Volvemos enseguida, después de un breve mensaje de nuestro patrocinador. Ahora sé algo más que antes: que las peores historias son las que se han oído toda la vida. Son las verdaderas pesadillas.

—Los entierros son lo mejor que hay —dijo, y rió—. Es lo que has dicho, ¿no? Ha sido una metedura de pata, Al. Está clarísimo. La has metido hasta el fondo.

—Déjame salir —susurré—. Por favor.

—Hombre, eso habría que hablarlo —dijo volviéndose hacia mí—. ¿Sabes quién soy, Alan?

—Un fantasma —dije.

Hizo un ruido impaciente por la nariz, y las comisuras de los labios le apuntaron hacia abajo a la luz del cuentakilómetros.

—¡Venga, tío, que tan corto no eres! Fantasma es el puto *Casper*. ¿Yo floto? ¿Ves que sea transparente?

Levantó una mano y la abrió y cerró ante mí. Oí el crujido seco y sin lubricar de sus tendones. Entonces intenté decir algo, no recuerdo qué, pero no tiene importancia porque no me salió nada.

—Soy una especie de mensajero —dijo Staub—. Como de Seur, pero salido de la puta tumba. ¿Te gusta? La verdad es que salimos bastante a menudo, cuando se dan las circunstancias adecuadas. ¿Sabes qué pienso? Que el que manda, Dios o lo que sea, debe de tener ganas de juerga. Siempre quiere comprobar si te quedas con lo que tienes o si puede convencerte para que optes por lo de detrás de la cortina. Aunque tiene que coincidir todo. Como esta noche. Tú solo... con tu mamá enferma... intentando que te lleve alguien...

—¿Verdad que si me hubiera quedado con el viejo no habría pasado nada? —dije.

Ahora el olor de Staub ya no tenía secretos: era la suma del olor punzante a productos químicos y la peste de carne en descomposición. Me extrañó no haberlo comprendido desde el principio, haberlo confundido con otra cosa.

—No sé qué decirte —repuso Staub—. Puede que el viejo que dices también estuviera muerto.

Pensé en la voz estridente del anciano, como de cristales rotos, y en el chasquido de su braguero. No, no estaba muerto, y yo había cambiado el olor a pipí de su viejo Dodge por algo mucho peor.

—Pero bueno, no tenemos tiempo de comentarlo. Dentro de ocho kilómetros volveremos a ver casas. Tres más y estaremos en el municipio de Lewiston. O sea que tienes que decidir ahora.

—¿Decidir qué? —Aunque creía saberlo.

—Quién sube a la Bala y quién se queda abajo, tú o tu madre. —Me miró con sus ojos de ahogado, ojos llenos de luna. Como sonreía más que antes, vi que le faltaban casi todos los dientes a causa del accidente. Dio unos golpecitos en el volante—. Me llevo a uno de los dos, y ya que estás aquí eliges tú. ¿Qué contestas?

En mis labios estuvo a punto de formarse «no lo dices en serio», pero ¿qué sentido tenía esa afirmación? Pues claro que lo decía en serio. Con una seriedad mortal.

Pensé en todos los años que mi madre y yo habíamos pasado juntos, Alan y Jean Parker contra el mundo. Ratos buenos, muchísimos, y malos, malos de verdad, también bastantes. Parches en los pantalones y cenas a base de caldo. Casi todos los otros niños tenían veinticinco centavos semanales para comer caliente; a mí siempre me daban un bocadillo de mantequilla de cacahuete o un poco de mortadela con pan del día anterior, como en el proverbial cuento del niño pobre que acaba haciéndose millonario. Y ella venga a trabajar en no sé cuántos restaurantes y bares para que tuviéramos para vivir. Aquella vez que pidió un día libre para hablar con el de la seguridad social, ella con su mejor conjunto de chaqueta y pantalón, y él en la mecedora de la cocina, trajeado, con un traje que hasta un niño de nueve años, que era los que tenía yo, veía que era mucho mejor que el de ella, con una carpeta en las rodillas y bolígrafo en mano. Ella contestando a las preguntas insultantes y violentas que le hacía el hombre, pero sin perder la sonrisa forzada y hasta ofreciéndole más café porque dependía del informe el que le dieran cincuenta dólares más al mes, cincuenta míserables billetes. En la cama y llorando después de marcharse él. Luego, conmigo sentado en su regazo, intentando sonreír y diciendo que los asistentes sociales eran todos unos cabrones; y riéndonos los dos, porque habíamos descubierto que más valía reírse. Cuando estás solo en el mundo con una madre gorda y fumadora compulsiva, la única manera de no volverte loco o de no dar puñetazos en las paredes suele ser la risa. Y no sólo por eso, sino por otras razones; porque para la gente como nosotros, los de abajo, los que pasaban corriendo por el mundo como los ratones de los dibujos animados, había veces en que reírse de los hijos de puta era la única venganza posible. Ella aceptando cualquier trabajo, haciendo horas extras, vendándose los tobillos cuando se le hinchaban, apartando las propinas en un jarrón donde ponía «Fondo para la universidad de Alan» (sí, ja, ja, como en el proverbial cuento de niño pobre que acaba haciéndose millonario) y repitiéndome mil veces que trabajase mucho, que otros niños quizá pudieran hacer el vago en el cole, pero que yo no podía porque ni guardando propinas hasta el día del Juicio Final habría bastante, que no esperara ir a la facultad como no fuera tirando de becas y préstamos, y tenía que ir, no tenía más remedio que ir, porque era la única salida para mí... y para ella. Pues eso, que trabajé mucho, como una mula, porque ciego no era: veía lo gruesa que estaba, lo mucho que fumaba (era su único placer privado... su único vicio, para el que tenga esa manera de ver las cosas), y era consciente de que llegaría el día en que se volverían las tornas y sería yo el que tuviera que cuidarla. Quizá me lo permitiera la formación académica y un trabajo como Dios manda. Quería ambas cosas; las quería porque la quería a ella. Era una mujer irritable y malhablada (el día en que hicimos cola y no quise subir a la Bala no fue la única vez en que me gritó y me pegó una bofetada), pero a pesar de ello la quería. En parte hasta por ello. Cuando me pegaba, la quería tanto como cuando me daba un beso. ¿Se entiende? No, yo tampoco. Pero no pasa nada. Dudo que puedan resumirse las vidas, ni explicarse las familias, y ella y yo éramos una familia, la más pequeña que hay: una familia de dos, un secreto entre dos. Si me lo hubieran preguntado, habría dicho que por ella estaba dispuesto a todo. Que era exactamente lo que me estaban pidiendo. Me pedían morir por ella, morir en su lugar, aunque ella ya hubiera vivido la mitad de su vida, y probablemente mucho más. Yo acababa de empezar la mía.

—¿Qué, Al? ¿Qué dices? —preguntó George Staub—. Se acaba el tiempo.

—No puedo tomar una decisión así —contesté con voz ronca. La luna navegaba encima de la carretera, veloz y brillante—. No es justo pedírmelo.

—Ya lo sé. Es lo que dicen todos. —Bajó la voz—. Pero tengo que advertirte una cosa: si llegamos a las primeras casas y no has decidido nada, tendré que llevarme a los dos. —Frunció el entrecejo, pero enseguida recuperó el buen humor, como dándose cuenta de que no era todo tan malo—. Si os cojo a los dos podríais hacer juntos el camino en el asiento de atrás, y hablar del pasado...

—¿El camino? ¿Adónde?

No contestó. Quizá no lo supiera.

Pasaban los árboles, borrosos como tinta negra. Corrían los faros y pasaba el asfalto. Yo tenía veintiún años. No era virgen, pero sólo me había acostado una vez con una chica, y como estaba borracho casi no me había enterado de nada. Me apetecía ir a mil sitios (Los Ángeles, Tahití...), hacer mil cosas. Mi madre tenía cuarenta y ocho años. ¡Eran muchos, joder! Había sido una buena madre, me había cuidado y había trabajado como una burra, pero ¿acaso su vida la había elegido yo? ¿Yo había pedido nacer? ¿Le había exigido que viviera sólo para mí? Tenía cuarenta y ocho años. Yo veintiuno. Tenía toda la vida por delante, que se dice. De acuerdo, pero ¿era la manera de juzgarlo? ¿Cómo se tomaba una decisión así? ¿Podía tomarse?

Bosque pasando a toda velocidad. La luna arriba, como un ojo luminoso y mortal.

—Te aconsejo que te des prisa —dijo George Staub—. Se acaba el campo.

Abrí la boca y quise decir algo, pero sólo me salió un suspiro reseco.

—Esto te irá bien —dijo él, buscando algo detrás.

Volvió a subírsele la camiseta, y yo a entrever algo que podía haberme ahorrado perfectamente: la línea negra de puntos en la barriga. ¿Dentro quedaban intestinos o sólo relleno empapado de productos químicos? Reapareció su mano con una lata de cerveza. Debía de ser de las que había comprado en la tienda fronteriza durante su último viaje en coche.

—Ya me lo conozco —dijo—. Con la tensión se te seca la boca. Toma.

Yo cogí la lata, tiré de la anilla y bebí un largo sorbo. Dejaba un sabor frío y amargo en la garganta. Desde entonces no he vuelto a beber ni una gota de cerveza. No puedo. Me cuesta hasta verla anunciada por la tele.

Delante del coche, en la oscuridad donde soplaba el viento, brilló una luz amarilla.

—Deprisa, Al, que esto hay que acelerarlo. Es la primera casa, encima de esta colina. Si quieres decirme algo, que sea ya.

La luz desapareció y reapareció con algunas más. Eran ventanas. Detrás había gente normal haciendo cosas normales: ver la tele, dar comida al gato o pelársela en el cuarto de baño, por qué no.

Nos vi en la cola de Thrill Village. Vi a Jean y Alan Parker: una mujer gorda con un vestido de tirantes y manchas oscuras de sudor en las axilas, y al lado su hijo pequeño. Staub tenía razón: ella no quería hacer cola. Pero yo me había puesto pesadísimo. También era verdad. Entonces me había dado una bofetada. Sí, pero había hecho cola conmigo. Juntos habíamos hecho muchas colas. Podía repasarlo todo otra vez, volver a contrastar los argumentos a favor y en contra, pero no había tiempo.

—Llévatela a ella —dije, viendo correr hacia el Mustang las luces de la primera casa. Mi voz sonó ronca, brusca, estridente—. Llévate a mi madre, no a mí.

Tiré al suelo la lata de cerveza y me cubrí la cara con las manos. Entonces él me tocó, me tocó la camisa por delante, se entretuvo toqueteando y, como en un fogonazo, entendí que había sido una prueba. No la había pasado, y ahora Staub me arrancaría el corazón directamente del pecho, como un *djinn* maligno en un cuento cruel árabe. Luego apartó los dedos (como renunciando en el último momento), y su mano pasó de largo. Por un momento se me llenaron de tal modo la nariz y los pulmones de olor a muerto que estuve seguro de estarlo yo. Entonces se oyó el clic de la puerta al abrirse y entró un chorro de aire fresco que barrió la peste a cadáver.

—Felices sueños, Al —me gruñó al oído antes de empujarme fuera.

Salí disparado a la noche de octubre, caí cerrando los ojos, levantando las manos y tensando el cuerpo contra un impacto que me rompería los huesos. Quizá grité, pero no me acuerdo bien.

No se produjo ningún impacto, y después de una eternidad me di cuenta de que ya estaba en el suelo. Lo sentí debajo. Entonces abrí los ojos, pero volví a cerrarlos enseguida con todas mis fuerzas. El brillo de la luna era cegador. Me produjo una punzada de dolor en todo el cerebro, sin quedarse detrás de los ojos, que es donde suele doler después de haber mirado una luz intensa, sino yendo hasta el fondo, justo encima de la nuca. Noté que tenía fríos y mojados las piernas y el culo, pero me dio igual. Estaba en el suelo. Lo demás me era indiferente.

Me incorporé con los codos y volví a abrir los ojos, con cautela. Creo que ya sabía dónde estaba, y bastó una simple mirada en derredor para confirmarlo: en el cementerio rural de la colina de Ridge Road. Ahora tenía la luna prácticamente a pico, con un fulgor intenso pero un tamaño mucho menor que hacía un rato. La niebla se había hecho más densa y cubría el cementerio como una manta. La atravesaban algunas lápidas como islas de piedra. Intenté levantarme y se me repitió la punzada detrás de la cabeza. Al palparme noté un bulto y algo pegajoso. Me miré la mano. A la luz de la luna, la sangre que me manchaba la palma parecía negra.

Al segundo intento logré ponerme en pie y me quedé vacilando entre las lápidas, con la niebla hasta la rodilla. Luego di media vuelta, vi la brecha del muro y detrás Ridge Road. No vi mi mochila, oculta por la niebla, pero sabía que estaba allí. La encontraría saliendo a la carretera por la rodada izquierda. ¡Seguro que tropezaba, para más inri!

Conque ahí estaba mi historia, bien envuelta y con un lacito: había parado a descansar en una colina, había entrado en el cementerio para echar un vistazo y, al apartarme de la tumba de George Staub, había tropezado de la manera más tonta, cayéndome y dándome con la cabeza contra una lápida. ¿Cuánto había durado mi inconsciencia? No dominaba la técnica de leer la hora exacta por la posición de la luna, pero menos de una hora no podía haber pasado. Suficiente para haber soñado que iba en coche con un muerto. ¿Cuál? ¡Cuál iba a ser! George Staub, el nombre que había leído en la lápida justo antes de quedarme grogui. El típico final, ¿no? «¡Qué pesadilla he tenido!» ¿Y si llegaba a Lewiston y encontraba muerta a mi madre? Pues nada, lo achacaría a una simple corazonada nocturna. Se trataba de la típica anécdota para contar años después al final de una fiesta. La gente asentiría pensativamente, poniéndose muy seria, y algún atontado con coderas en la americana diría que en el cielo y en la tierra hay cosas que nuestra filosofía no puede explicar. Luego...

—Luego nada —grazné. La parte superior de la niebla se movía a gran velocidad, como en un espejo empañado—. Esto no se lo cuento a nadie. Qué va. Ni cuando me esté muriendo.

No obstante, si de algo estaba seguro era de que había ocurrido todo tal como lo recordaba. George Staub me había recogido con su Mustang, con la cabeza cosida al cuello y exigiéndome una elección. Y yo había elegido; viendo llegar las luces de la primera casa, había cambiado mi vida por la de mi madre casi sin dudar. Lo comprensible del acto no atenuaba mi sensación de culpa. Suerte que nadie se enteraría. Parecería una muerte natural (¡qué coño!, lo sería), y yo no pensaba desmentirlo.

Salí del cementerio por la rodada izquierda, y al chocar con el pie en la mochila la recogí y volví a ponérmela a la espalda. Justo entonces aparecieron unos faros al pie de la colina, como siguiendo un guión. Yo levanté el pulgar con la extraña seguridad de que era el viejo del Dodge. Sí, seguro que volvía a buscarme. Era el toque final que requería la historia para redondearse del todo.

Pero no era el viejo, sino un granjero mascando tabaco en una camioneta Ford cargada con cestas de manzanas; alguien perfectamente normal, ni viejo ni muerto.

—¿Adónde vas? —preguntó, y al saberlo dijo—: Pues nos va bien a los dos.

Menos de cuarenta minutos después, a las nueve y veinte, frenó delante del hospital.

—Buena suerte. Espero que tu madre se recupere.

—Gracias —dije abriendo la puerta.

—Se nota que has estado nervioso, pero seguro que está bien. Una cosa: eso mejor que te lo desinfectes.

Señaló mis manos. Las miré y vi varios arcos profundos y morados en cada dorso. Entonces me acordé del dolor de clavarme las uñas sin poder evitarlo. Y me acordé de los ojos de Staub reflejando la luna como agua luminosa. «¿Subiste a la Bala? —me había preguntado—. ¡Qué cabrona! Yo cuatro veces.»

—Oye —dijo el conductor de la camioneta—, ¿te encuentras bien?

—¿Qué?

—Es que tiemblas.

—Estoy bien —dije—. Gracias otra vez.

Cerré la puerta del vehículo y enfilé el camino de entrada, ancho y con una hilera de sillas de ruedas que reflejaban la luz de la luna.

Me dirigí al mostrador de información recordándome que debía poner cara de sorpresa al enterarme de que mi madre había muerto. Si no me veían sorprenderme les parecería raro... o lo atribuirían al shock... o a que no nos llevábamos bien... o...

Tan enfrascado estaba en aquellos pensamientos que al principio no entendí las palabras de la mujer de detrás del mostrador, y tuve que pedirle que las repitiera.

—He dicho que está en la 487, pero aún no puedes subir. Las visitas son a partir de las nueve.

—Pero...

De repente se me iba la cabeza, y me cogí al borde del mostrador. El vestíbulo tenía fluorescentes. Con una luz tan fuerte y homogénea se me veían mucho los cortes de las manos: ocho arquitos morados justo encima de los nudillos, como ocho sonrisas. Tenía razón el de la camioneta: había que desinfectarlos.

La mujer del mostrador me miró pacientemente. La tarjeta que llevaba la identificaba como Yvonne Ederle.

—Pero... ¿está bien?

Miró el ordenador.

—Aquí sale una S, que quiere decir satisfactorio. Además, la cuarta planta es para casos normales. Si tu madre hubiera empeorado la habrían llevado a la UCI, que está en la tercera. Seguro que mañana la encontrarás muy bien. Las visitas son a partir de...

—Es mi madre —dije—. Vine en autostop de la Universidad de Maine sólo para verla. ¿No puedo subir, al menos unos minutos?

—A veces se hacen excepciones para los pacientes más cercanos —dijo ella sonriéndome—. Veré si puedo arreglarlo.

Cogió el teléfono y pulsó unos botones. Debía de llamar a la enfermera del cuarto piso. Vi los siguientes dos minutos como si poseyera el don de la clarividencia. La de información, Yvonne, preguntaría si podía subir el hijo de Jean Parker, la de la 487 (sólo para darle un beso y ánimos a su madre). Entonces la enfermera diría: «¡Ay, Dios mío! Es que la señora Parker ha fallecido hace un cuarto de hora; acabamos de enviarla al depósito y no hemos podido actualizar el ordenador. ¡Qué horror!»

La mujer del mostrador dijo:

—¿Muriel? Soy Yvonne. Aquí abajo hay un chico que se llama... —Me miró arqueando las cejas, y le di mi nombre—. Alan Parker. Es el hijo de Jean Parker, la de la 487. Pregunta si puede... —se interrumpió y escuchó. Seguro que la enfermera del cuarto piso le decía que Jean Parker había muerto—. Vale —dijo Yvonne—. Muy bien. —Se quedó mirando al vacío; luego sujetó el auricular con el hombro y me dijo—: Ha mandado a Anne Corrigan a ver cómo está. No tardará nada.

—Es interminable.

Yvonne frunció el entrecejo.

—¿Cómo?

—Nada —dije yo—. Es que se me ha hecho muy larga la noche y...

—... y tienes miedo por tu madre. Normal. Me parece que eres muy buen hijo. Dejarlo todo y venir corriendo así...

Intuí que el conocimiento de mi conversación con el joven conductor del Mustang habría cambiado drásticamente la opinión de Yvonne Ederle sobre mí, pero claro, no lo sabía. Era un secretito que compartíamos George y yo.

Expuesto a la luz de los fluorescentes, aguardando el regreso de la enfermera del cuarto piso, tuve la impresión de que pasaban varias horas. Yvonne tenía delante unos papeles. Repasó uno con el bolígrafo, poniendo marcas concisas al lado de algunos nombres, y se me ocurrió que si de veras existía un Ángel de la Muerte debía de ser como aquella mujer, una funcionaria con ordenador y demasiado papeleo. Yvonne seguía sujetando el auricular entre la oreja y el hombro. El altavoz solicitó la presencia del doctor Farquahr en radiología. «Doctor Farquahr», repitió. Mientras tanto, en la cuarta planta, la enfermera Anne Corrigan estaría mirando a mi madre, a quien habría encontrado muerta en la cama con los ojos abiertos. Estaría aflojándose la horrorosa mueca de su boca, impresa por el derrame.

Yvonne escuchó por el auricular y enderezó un poco el torso. Después dijo:

—Ya. Muy bien. Tranquila. Sí, mujer. Gracias, Muriel. —Colgó y me miró solemnemente—. Dice Muriel que subas, pero que sólo puedes visitarla cinco minutos. Tu madre ya se ha medicado para la noche y está un poco atontada.

Me quedé mirándola, boquiabierto. A ella se le borró la sonrisa.

—¿Seguro que te encuentras bien?

—Sí —dije—. Es que pensaba...

Recuperó la sonrisa, esta vez de comprensión.

—Lo piensa mucha gente —dijo—. Es normal. De repente te llaman, sales disparado... Es normal pensar lo peor, pero si tu madre estuviera grave, Muriel no te dejaría subir. Créeme.

—Gracias —dije—. Muchas gracias.

Di media vuelta, pero antes de alejarme oí decir a Yvonne:

—Una pregunta: ¿por qué llevas ese pin si vienes del norte, de la Universidad de Maine? ¿Thrill Village no está en Nueva Hampshire?

Me miré la camisa y vi el pin prendido en el bolsillo: YO HE MONTADO EN LA BALA DE THRILL VILLAGE, LACONIA. Recordé el miedo de que Staub me arrancase el corazón, y comprendí: antes de arrojarme fuera me había puesto el pin en la camisa. Era su manera de marcarme, de impedirme no creer en nuestro encuentro. Lo decían los cortes del dorso de mis manos, y el pin de la camisa. Me había pedido que eligiera, y yo había elegido.

Entonces ¿cómo podía estar viva mi madre?

—¿Esto? —Lo toqué con la yema del pulgar, y hasta le saqué un poco de brillo—. Es un amuleto. —Era una mentira tan atroz que poseía cierto esplendor—. Me lo dieron hace mucho tiempo, cuando estuve allí con mi madre. Subimos a la Bala.

Yvonne sonrió como si nunca hubiera oído nada tan tierno.

—Abrázala y dale un beso muy grande —dijo—. Verte hará que duerma mejor que cualquier pastilla que puedan darle los médicos. —Señaló en una dirección—. Los ascensores están detrás de esa esquina.

Como ya había pasado el horario de visita, yo era el único que esperaba el ascensor. A la izquierda había un cubo de basura, al lado de la puerta del quiosco, que estaba cerrado y a oscuras. Me quité el pin y lo tiré al cubo. Luego me limpié las manos en el pantalón. Justo entonces se abrió la puerta de un ascensor. Entré y pulsé la cuarta. La cabina empezó a subir. Encima de la botonera había un cartel anunciando que la semana siguiente habría una campaña de donación de sangre. Al leerlo tuve una idea... aunque más que una idea fue una certeza. Mi madre se estaba muriendo justo ahora, yendo yo hacia su planta en aquel amplio y lento ascensor. Habiendo elegido yo, me correspondía encontrarla. Pura lógica.

Se abrió la puerta del ascensor frente a otro cartel. En éste había un dedo delante de unos labios, todo al estilo de los dibujos animados, y debajo la advertencia «¡Nuestros pacientes agradecen su silencio!» El ascensor daba a un pasillo que se extendía en ambas direcciones. Las habitaciones con número impar estaban a la izquierda. Fue por donde enfilé, con la sensación de que a cada paso me pesaban más las zapatillas. Empecé a detenerme al llegar a la altura de los 470, y me quedé parado entre la 481 y la 483. No podía. Del pelo me salía, en lentos chorritos, un sudor frío y pegajoso como jarabe medio congelado. Tenía el estómago hecho una bola, como un puño en un guante de goma. No, no podía. Mejor dar media vuelta y huir como un gallina, un mierda, que es lo que era. Iría a Harlow en autostop y por la mañana llamaría a la señora McCurdy. Por la mañana sería todo más fácil de asumir.

Empecé a volverme, pero de repente una enfermera asomó la cabeza en la habitación que había a dos puertas... la de mi madre.

—¿Señor Parker? —preguntó en voz baja.

Hubo un momento enloquecido en que casi lo negué. Luego asentí.

—Entre, deprisa, que está a punto de irse.

Eran las palabras que esperaba. Aun así me produjeron un calambre de miedo en todo el cuerpo, haciéndome flaquear las rodillas.

La enfermera lo advirtió, y acudió presurosa con un ruido de faldas y cara de susto. En el pin dorado que llevaba en el pecho ponía «Anne Corrigan».

—¡No, no; me refería al sedante! Está a punto de dormirse. ¡Pero qué idiota soy! Ella está bien, señor Parker; le he dado Ambien y ahora se dormirá. ¡No irá a desmayarse usted!

Me cogió del brazo.

—No —dije yo, sin saber si era verdad.

Todo me daba vueltas, y los oídos me zumbaban. Pensé en los saltos que había dado la carretera, aquella carretera de película en blanco y negro, con la luz plateada de la luna. «¿Subiste a la Bala? ¡Qué cabrona! Yo cuatro veces.»

Anne Corrigan me acompañó a la habitación y vi a mi madre. Siempre había sido una mujer grande, y la cama del hospital era corta y estrecha, pero ella casi parecía perdida. Su pelo, que ya era más

gris que negro, estaba diseminado por la almoha-
da. Sus manos reposaban en el dobladillo de la sá-
bana como manos de niño, o incluso de muñeca.
No presentaba ninguna mueca como la que había
imaginado yo en su cara, pero sí la piel amarillenta.
Tenía los ojos cerrados, pero cuando la enfermera
murmuró su nombre, se abrieron. Eran de un azul
oscuro e irisado, lo más joven que tenía, y comple-
tamente vivos. Al principio parecieron extravia-
dos, hasta que me encontraron. Uno subió. El otro
tembló, se levantó un poco y volvió a bajar.

—Al —susurró.

Fui hacia ella rompiendo a llorar. Había una
silla junto a la pared, pero ni me fijé. Me agaché y
la abracé. Olía a cálido, a limpio. Le di un beso
en la sien, otro en la mejilla y otro en la boca.
Ella levantó la mano y me tocó varias veces debajo de un ojo.

—No llores —susurró—, no hace falta.

—He venido enseguida de enterarme —dije—. Me lo dijo Betsy McCurdy.

—Le pedí... fin de semana —dijo ella—. Le
dije que vinieras... el fin de semana.

77

—Sí, claro. Y un cuerno —repuse, abrazándola.

—¿... arreglado... coche?

—No —dije—, he hecho autostop.

—¡Joder! —dijo ella.

Se notaba que tenía que hacer un esfuerzo con cada palabra, pero las pronunciaba bien, y no advertí ninguna desorientación. Sabía quién era ella, quién yo, dónde estábamos y por qué. La única señal de que le hubiera ocurrido algo era la debilidad de su brazo izquierdo. Sentí un alivio inmenso. Todo había sido una broma cruel de Staub... a menos que no existiera ningún Staub, y a fin de cuentas fuera cierto lo del sueño, aunque parezca cursi. Estando al lado de mi madre, delante de su cama, abrazándola y detectando reminiscencias de su perfume Lanvin, la idea del sueño me pareció mucho más verosímil.

—¡Al! Tienes... sangre en... el cuello de la camisa.

Se le cerraron los ojos, pero volvieron a abrirse lentamente. Imaginé que debían de pesarle tanto los párpados como a mí las zapatillas en el pasillo.

—No pasa nada, mamá. Es que me he dado un golpe en la cabeza.

—Ah, bueno. Tienes que... cuidarte.

Volvieron a caer los párpados, y de nuevo a subir, pero más lentamente.

—Convendría dejarla dormir, señor Parker —dijo la enfermera a mis espaldas—. Ha tenido un día durísimo.

—Lo sé. —Volví a darle un beso en la mejilla—. Me marcho, mamá, pero vendré mañana.

—No... hagas autostop... Peligroso.

—Descuida, le pediré a la señora McCurdy que me traiga. Tú duerme.

—Si sólo... duermo —dijo ella—. Estaba descargando el lavavajillas... y me dio mucho dolor de cabeza. Me caí, y al despertarme... estaba aquí. —Me miró—. Ha sido un derrame... Dice el doctor... que no es muy grave.

—Estás perfectamente —dije.

Me incorporé y le cogí la mano. Tenía la piel fina como la seda. Era una mano de persona mayor.

—He soñado que... estábamos en aquel parque de atracciones... Nueva Hampshire —dijo.

Yo la miré y noté que el cuerpo se me enfriaba.

—¿Sí?

—Sí, haciendo cola para... aquello que subía tanto... ¿Te acuerdas?

—La Bala —dije—. Sí, mamá, sí que me acuerdo.

—Tenías miedo... y te grité.

—No, mamá...

Su mano apretó la mía, y se le marcaron las comisuras de los labios casi hasta formar hoyuelos. Era una sombra de su típica cara de impaciencia.

—Sí —dijo—. Te grité y... te di una bofetada. En... la nuca, ¿verdad?

—Sí, supongo —cedí—. Es donde solías dármelas.

—Mal hecho —dijo ella—. Hacía calor y estaba cansada, pero... hice mal. Quería decirte... que lo siento.

Volvieron a llorarme los ojos.

—Tranquila, mamá, que ya ha pasado mucho tiempo.

—Al final no subiste —susurró ella.

—Sí —dije—, al final sí.

Me sonrió. La vi pequeña y débil, muy distinta de aquella mujer enfadada, sudada y musculosa que me había gritado al llegar al final de la cola, la que me había dado una bofetada en la nuca. Seguramente vio algo en la cara de uno de los que hacían cola, porque la recuerdo diciendo «¿Y tú qué miras, guapo?» mientras me arrastraba de la mano, y yo lloriqueaba bajo el sol de verano, frotándome la nuca... Y eso que no me dolía, porque tampoco había sido un golpe muy fuerte. Más que nada me acuerdo del alivio de apartarme de aquella estructura alta que giraba, con sus dos cápsulas, una en cada extremo; de aquella máquina giratoria de gritos.

—Por favor, señor Parker, que ya es la hora —dijo la enfermera.

Cogí la mano de mi madre y le di un beso en los nudillos.

—Volveré mañana —dije—. Te quiero, mamá.

—Y yo a ti... Alan... Perdóname todas las bofetadas que... te he dado. No eran maneras.

Sí que eran maneras. Las suyas. No sabía cómo decirle que lo entendía, que lo aceptaba. Formaba parte de nuestro secreto familiar, algo susurrado en las terminales nerviosas.

—Vuelvo mañana. ¿Vale, mamá?

No contestó. Habían vuelto a cerrársele los ojos, y esta vez no volvieron a abrirse. El pecho le subía y bajaba con lentitud y regularidad. Me aparté de la cama sin dejar de mirarla.

Cuando estuve en el pasillo, le dije a la enfermera:

—¿Se recuperará? ¿Del todo?

—Eso nunca se puede saber, señor Parker. La atiende el doctor Nunnally, que es muy buen médico. Mañana por la tarde pasará por esta planta y se lo podrá preguntar...

—Dígame usted su opinión.

—Yo creo que se recuperará —dijo la enfermera, acompañándome por el pasillo en dirección al ascensor—. Las constantes vitales están muy bien, y todos los efectos residuales indican que el derrame no ha sido grave. —Frunció el entrecejo—. Claro que tendrá que hacer algunos cambios. De dieta... de estilo de vida...

—Se refiere al tabaco.

—Sí, sí; eso fuera.

Lo dijo como si para mi madre abandonar un hábito de toda la vida fuera tan fácil como quitar un florero de la mesita del salón y ponerlo en el recibidor. Pulsé el botón de llamada del ascensor y la puerta del de antes se abrió. Se notaba que después de las horas de visita bajaba mucho el ritmo del hospital.

—Gracias por todo —dije.

—De nada, y perdone por el susto que le he dado. ¡Hay que ser tonta!

—Descuide —dije yo, pese a estar de acuerdo—. No tiene importancia.

Subí al ascensor y pulsé el botón del vestíbulo. La enfermera levantó la mano y movió los dedos. Yo me despedí con el mismo gesto, y nos separó la puerta corrediza. La cabina empezó a bajar. Me miré las marcas de uñas en el dorso de ambas manos y pensé que era un desastre, el más

83

despreciable de los seres. Aunque sólo hubiera sido un sueño, seguía siendo el ser más despreciable: «Llévatela a ella», había dicho. Era hijo suyo y aun así había dicho: «Llévate a mi madre, no a mí.» Ella me había criado, por mí se había matado a trabajar, en pleno verano había hecho cola en un parque de atracciones de tres al cuarto de Nueva Hampshire, y al final yo casi no había dudado. «Llévatela a ella, no a mí.» Gallina, gallina, gallina de mierda.

Al bajar del ascensor, levanté la tapa del cubo de basura y lo vi en el interior de un vaso de plástico con restos de café: YO HE MONTADO EN LA BALA EN THRILL VILLAGE, LACONIA.

Rescaté el pin del café que lo mojaba, lo sequé en los vaqueros y me lo metí en el bolsillo. Había sido mala idea tirarlo. Ahora era mi pin, tanto si se trataba de un amuleto como si daba mala suerte. Salí del hospital saludando a Yvonne sin detenerme. Fuera la luna cabalgaba en el tejado de la noche, irradiando su extraña luz etérea sobre el mundo. Nunca me había sentido tan cansado ni con tan pocos ánimos. Deseé poder elegir por segunda vez. Me habría decidido por la otra opción. ¡Qué extraño! Creo que habría sido menos duro encontrarla muerta, que es lo que esperaba. ¿No era el típico final de aquella clase de cuentos?

«En el pueblo no te recoge nadie», había dicho el viejo del braguero, y con más razón que un santo. Atravesé todo Lewiston a pie (tres docenas de manzanas por Lisbon Street y nueve por Canal Street), inventariando todos los bares con *jukebox* emitiendo viejas canciones de Foreigner, Led Zeppelin y AC/DC, y ni una vez saqué el pulgar. No habría servido de nada. Llegué al puente DeMuth a las once pasadas. Cuando estuve en el lado de Harlow le enseñé el dedo al primer coche que pasó. Dos horas después sacaba la llave de debajo de la carretilla roja, al lado de la puerta del cobertizo, y a los diez minutos estaba en la cama. Justo antes de dormirme pensé que era la primera vez que dormía solo en casa.

Me despertó el teléfono a las doce y cuarto. Temí que fuese del hospital para decirme que mi madre había fallecido hacía unos minutos por culpa de un empeoramiento repentino. Lo sentimos, señor Parker. Pero no, sólo era la señora McCurdy, que quería cerciorarse de que había llegado bien a casa e informarse en detalle acerca de mi visita nocturna al hospital. (Me hizo repetírselo tres veces, y al término de la tercera empecé a sentirme como en un interrogatorio por asesinato.) También llamaba para preguntarme si quería ir con ella en coche al hospital. Le dije que encantado.

Al colgar crucé la habitación en dirección a la puerta. Había un espejo de cuerpo entero, y en él vi a un joven alto y sin afeitar, con un poco de tripa y unos calzoncillos anchos por toda indumentaria.

—Hay que recuperarse, chaval —le dije a mi reflejo—. No puedes pasarte toda la vida pensando que cada vez que suena el teléfono es para decirte que se ha muerto tu madre.

De hecho no habría sido así. El tiempo, como siempre, iría borrando el recuerdo. Aun así era sorprendente la realidad e inmediatez que conservaba la noche pasada, nítida en todos sus ángulos. Seguía viendo el rostro agraciado de Staub bajo su gorra al revés, el cigarrillo detrás de la oreja y, a cada calada, los hilillos de humo escapándose por la incisión del cuello. Seguía oyendo su voz contando la anécdota del Cadillac a precio de ganga. El tiempo embotaría el filo y pondría romas las aristas, pero tardaría lo suyo. A fin de cuentas conservaba el pin, que estaba al lado de la puerta del lavabo, encima de la cómoda. Era mi souvenir. ¿O no vuelven con un recuerdo todos los protagonistas de cuentos de fantasmas, algo que demuestre la verdad de lo ocurrido?

En el rincón del dormitorio había un equipo de música del año de la pera. Busqué entre mis cintas viejas para escuchar algo mientras me afeitaba. Encontré una que ponía «folk mix» y la metí en el casete. La había grabado en el instituto, y casi no me acordaba de su contenido. Bob Dylan cantaba la muerte solitaria de Hattie Carroll, y Tom Paxton a su amigo trotamundos.

Luego Dave van Ronk empezó a cantar sobre la cocaína, y a la mitad de la tercera estrofa me quedé parado con la máquina en la mejilla. «Tengo la cabeza llena de whisky, y la barriga de ginebra —cantaba Dave con su voz rasposa—. Dice el médico que me matará, pero no ha dicho cuándo.» Claro. He ahí la respuesta. Mi mala conciencia me había llevado a suponer que mi madre moriría *de inmediato*. Tampoco Staub lo había desmentido (¿cómo, si no se lo había preguntado?), pero evidentemente era mentira.

«Dice el médico que me matará, pero no ha dicho cuándo.»

¿Qué sentido tenía flagelarse tanto? ¿Mi decisión no se ajustaba al orden natural de las cosas? ¿No era normal que los hijos sobrevivieran a los padres? El muy hijo de puta había querido asustarme, hacer que me sintiera culpable, pero ¿qué necesidad tenía yo de tragármelo? ¿O no acabábamos subiendo todos a la Bala?

Sólo intentas encontrar una excusa, algo que te haga sentir bien. Quizá sea verdad lo que piensas... pero cuando Staub te pidió que eligieras, la

elegiste a ella. Eso no hay manera de esquivarlo,
aunque te estrujes el cerebro. La elegiste a ella.

Abrí los ojos y me miré la cara en el espejo.

—Hice lo que tenía que hacer —dije.

No acababa de creérmelo, pero pensé que a
la larga me convencería.

Fui a ver a mi madre con la señora McCurdy, y
estaba un poco mejor. Le pregunté si se acordaba del sueño sobre Thrill Village, y ella negó con
la cabeza.

—Casi no me acuerdo ni de que vinieras ayer
por la noche —dijo—. Tenía un sueño que me
moría. ¿Tiene alguna importancia?

—No, qué va —dije, y le di un beso en la
sien—. Ninguna.

Mi madre salió del hospital cinco días después.
Al principio cojeaba un poco, pero se le pasó y
al mes volvía a trabajar. Empezó con media jornada, pero acabó otra vez con jornada completa,

como si no hubiera pasado nada. Yo volví a la universidad y conseguí trabajo en Pat's Pizza, en el centro de Orono. No pagaban mucho, pero me dio para arreglar el coche. Mejor, porque había perdido el poco gusto que tenía al autostop.

Mi madre intentó dejar de fumar, y al principio le fue bien, pero en abril, al empezar las vacaciones, volví de la universidad un día antes y me encontré la cocina tan llena de humo como de costumbre. Ella me miró avergonzada, pero también desafiante.

—No puedo —dijo—. Perdona, Al; ya sé que tú no quieres que fume, y que es malo, pero sin fumar siento un vacío que no lo llena nada más. Como mucho me arrepiento de haber empezado.

Dos semanas después de licenciarme, mi madre tuvo otro derrame, aunque leve. Ante las reconvenciones del médico hizo otro intento de abandonar el tabaco, pero engordó más de veinte kilos y volvió a sucumbir. Dice la Biblia: «Como el perro vuelve a su vómito.» Siempre me ha gustado esa frase. Yo encontré empleo a la primera (suerte, imagino), un trabajo bastante bueno en Portland, y emprendí el de convencerla de que renunciara al suyo. Al principio fue difícil. Podría haber desistido, pero cierto recuerdo me impulsaba a seguir escarbando en sus defensas.

—Deberías ahorrar para ti, no cuidarme —decía ella—. Un día, Al, querrás casarte, y lo que te hayas gastado en mí te faltará para tu vida de verdad.

—Mi vida de verdad eres tú —dije, dándole un beso—. Es así, te guste o no.

Acabó tirando la toalla.

Siguieron años bastante buenos, un total de siete. No vivíamos juntos, pero iba a verla casi a diario. Jugábamos mucho a las cartas y veíamos muchas películas en el vídeo que yo le había comprado. Nos reíamos a capazos, que decía ella. Ignoro si esos años se los debo a George Staub, pero fueron buenos. En cuanto a la noche de mi encuentro con Staub, no se cumplió mi expectativa de que el recuerdo se volviera borroso o pareciera un sueño; cada incidente, desde el del viejo diciéndome que pidiera un deseo a la luna llena, a los dedos toquetéandome la camisa al ponerme Staub el pin, conservó toda su claridad. Y llegó el día en que ya no encontré el pin. Era consciente de habérmelo llevado al instalarme en mi pisito de Falmouth; lo guardaba en el cajón superior de la mesita de noche, junto con un par de peines, mis dos juegos de gemelos y un pin político de hacía muchos años con un chiste sobre Bill Clinton y el sexo seguro, pero el caso es que se perdió. Y uno o dos días después, cuando sonó el teléfono, supe por qué lloraba la señora McCurdy. Era la mala noticia que nunca había dejado de esperar; se acabó lo que se daba.

Una vez terminado el funeral y el velatorio, cuando se marchó el último integrante de un desfile de dolientes que parecía interminable, regresé a la casita de Harlow donde había vivido mi madre sus últimos años, fumando y comiendo donuts con cobertura de azúcar. Hasta entonces habíamos sido Jean y Alan Parker contra el mundo. Ahora sólo quedaba yo.

Revisé sus pertenencias, aparté los pocos documentos pendientes de algún trámite y llené varias cajas, poniendo a un lado de la habitación lo que quería quedarme y al otro lo que donaría a la beneficencia. Cuando ya faltaba poco para acabar, me arrodillé, miré debajo de su cama y encontré lo que había estado buscando sin acabar de reconocer que lo buscaba: un pin polvoriento donde ponía YO HE MONTADO EN LA BALA THRILL VILLAGE, LACONIA. Lo cogí y apreté el puño. La aguja se me clavó en la carne, pero apreté más y me regodeé amargamente en el dolor. Cuando volví a separar los dedos, los ojos se me habían llenado de lágrimas y se habían duplicado las palabras del pin, en una superposición de líneas borrosas. Era como mirar una película en tres dimensiones sin gafas apropiadas.

—¿Ya estás contento? —pregunté a la silenciosa habitación—. ¿Ya basta? —Como era de esperar, no hubo respuesta—. No sé por qué te molestaste. ¿De qué coño servía?

Nada, ninguna respuesta. ¿Por qué iba a haberla? Todo se reduce a hacer cola. Hacer cola debajo de la luna y formular un deseo a su luz infectada. Haces cola y los oyes gritar; pagan para tener miedo, y la Bala nunca decepciona. Cuando te toca, una de dos: o subes o sales corriendo. Yo creo que el resultado acaba siendo el mismo. Debería haber algo más, pero la verdad es que no. Se acabó lo que se daba.

Coge tu pin y sal.